CUENTO DE LUZ

A los duendes de las plantas de pediatría de
los hospitales, esos que llenan el aire de cosas
maravillosas que nadie ve, pero existen.

- Carmen Gil -

A mi querida madre Narciza Lavinia, quien a
pesar de la distancia siempre está en mi aire.

- Turcios -

Las Cosas del Aire

© 2013 del texto: Carmen Gil
© 2013 de las ilustraciones: Turcios
© 2013 Cuento de Luz SL
Calle Claveles 10 | Urb Monteclaro | Pozuelo de Alarcón | 28223 | Madrid | España
www.cuentodeluz.com

ISBN: 978-94-15241-15-7

Impreso en China por Shanghai Chenxi Printing Co., Ltd., septiembre 2013, tirada número 1390-3

FSC
www.fsc.org
MIXTO
Papel procedente de
fuentes responsables
FSC® C007923

Las Cosas del Aire

Carmen Gil

Turcios

A los duendes chisposos les encantaban las Cosas del Aire. Sí, esas que nadie ve, pero existen. Con sus trajes de colores chillones y sus alegres sonrisas que derramaban luz, iban todo el día de acá para allá y de allá para acá, buscando sorpresas voladoras.

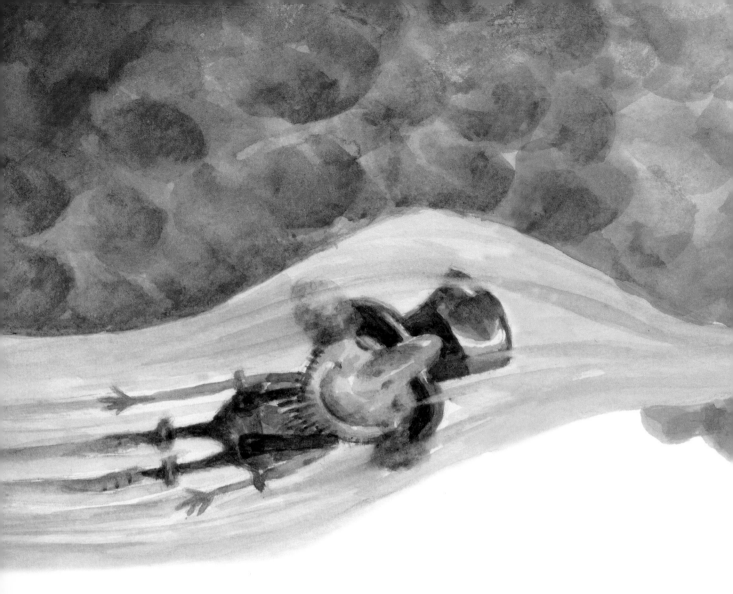

Una mañana temprano, de esas en las que el paisaje parece pintado por un niño, un duende turquesa atrapó un beso que revoloteaba cerca de un roble, el que el hada del arcoíris le había tirado a la rana del lago. Era un beso risueño, pequeñito y saltarín, que olía a mermelada de naranja.

En otra ocasión, un duende verde limón persiguió durante tres días un aroma muy agradable: el olor al bizcocho de canela de la abuela Sara. «Cada bocadito de este bizcocho –decían cuantos lo habían probado– te lleva a pasear por las nubes».

El duende corrió tras
él por los caminos
con forma de serpiente,
por detrás de la montaña,
por la orilla del río. Hasta
que por fin pudo alcanzarlo
en el penacho de plumas
del pájaro carpintero.

Hacía solo unos días, un duende violeta descubrió cómo, cerca de las estrellas, las palabras chocaban y nacían otras nuevas. Contempló divertido la palabra vacatrén, una fila de vacas con gente montada para ir de un lugar a otro. Peliflor, una melena de flores para calvos sin solución.

Zapasapos, unos zapatos que te llevaban dando saltos a cualquier sitio. La que más le divirtió fue la palabra marisopla, una mariposa enorme que volaba a base de soplidos. Tras unas cuantas cabriolas, el duende violeta consiguió agarrarla.

Pero lo mejor de todo fue cuando la duende escarlata encontró la cesta
del cuento de Caperucita. Se había quedado enganchada en una rama.
Fascinada, descubrió que el aire estaba lleno de cuentos. Por su lado
pasaron el del sapo que no quería ser príncipe, el del hado padrino
que todo lo encantaba al revés, el de la princesa que se metió a
pirata… ¡Era genial!

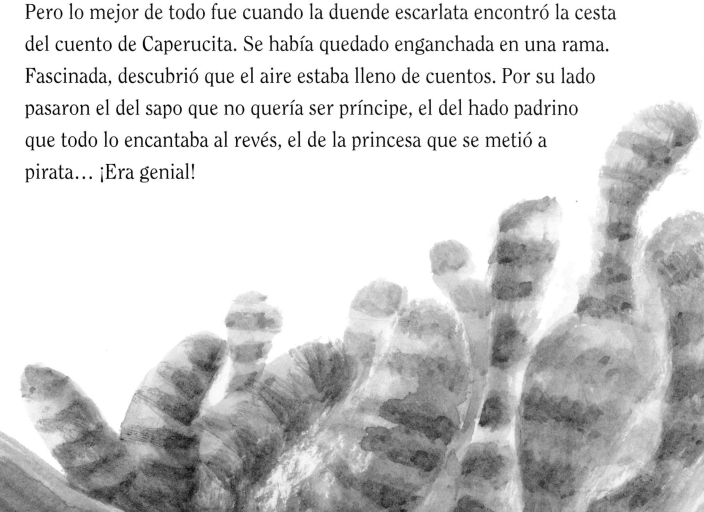

¿Qué hacían los duendes chisposos con las Cosas del Aire? Las achuchaban contra su pecho durante un rato para que les hicieran cosquillas por dentro. Después, las volvían a soltar. ¡Y tenían fama de ser los duendes más risueños del mundo! Era más fácil ver una ballena con alas que un duende chisposo triste.

Hasta el día en que llegaron las brujas narigudas. Grises y requeteserias, las brujas narigudas se habían apoderado de toda la comarca. A sus órdenes, los habitantes del bosque trabajaban sin parar. Y su trabajo se transformaba en oro. Y el oro les daba poder. Y con el poder se convertirían en las dueñas del mundo.

Pero si había algo que las brujas narigudas no soportaban eran las cosas inútiles. ¿Para qué narices servían las canciones del hada de la pradera, o los besos y los abrazos del duende rosa, o los cuentos del señor búho…? ¡Para nada! Eran una pérdida de tiempo. Y a las brujas perder el tiempo les producía dolor de barriga.

Por eso, una tarde de otoño con velos en el aire, las brujas narigudas, sentadas sobre una alfombra roja de hojas secas, decidieron apoderarse del Bosque de la Luz.

—Esos duendes chisposos no hacen más que perder soberanamente el tiempo —dijo gravemente una bruja alta, de nariz afilada y gesto grave.

—Solo saben ocuparse de lo que no sirve para nada —apuntó otra de labios finos y grises.

Una tercera, que llevaba un maletín negro en la mano y tenía cara de mujer ocupada, habló con voz ronca:

—Sí, eso es cierto. Pero no son unos duendes fáciles de vencer. Tienen la fuerza de la alegría de vivir.

—¿Y de dónde sacan tanta alegría? —preguntó una bruja bajita y regordeta, de aspecto anodino.

—¡De las Cosas del Aire! —contestó con rotundidad la del maletín, que parecía ser la jefa—. No tenemos más que terminar con ellas para que los duendes chisposos se transformen en seres grises como los demás, que trabajen y produzcan mucho. Y así nos convertiremos en las amas del universo.

La bruja del maletín sacó una bolsa negra de un tronco hueco,
la abrió y se puso a repartir cazamariposas entre sus compañeras.

—Manos a la obra. ¡A atrapar Cosas del Aire! —ordenó.
Sin perder un segundo, las brujas se distribuyeron por el bosque,
pertrechadas con sus cazamariposas, dispuestas a no dejar
atrás ni una sola.

Una bruja de medias de rayas atrapó una sonrisa voladora. Era la sonrisa de un hada madrina y recordaba a las burbujas de un refresco de menta. A la bruja le pareció horrible porque lanzaba reflejos multicolores, como las alas de una libélula, y se apoderó de ella en un pispás.

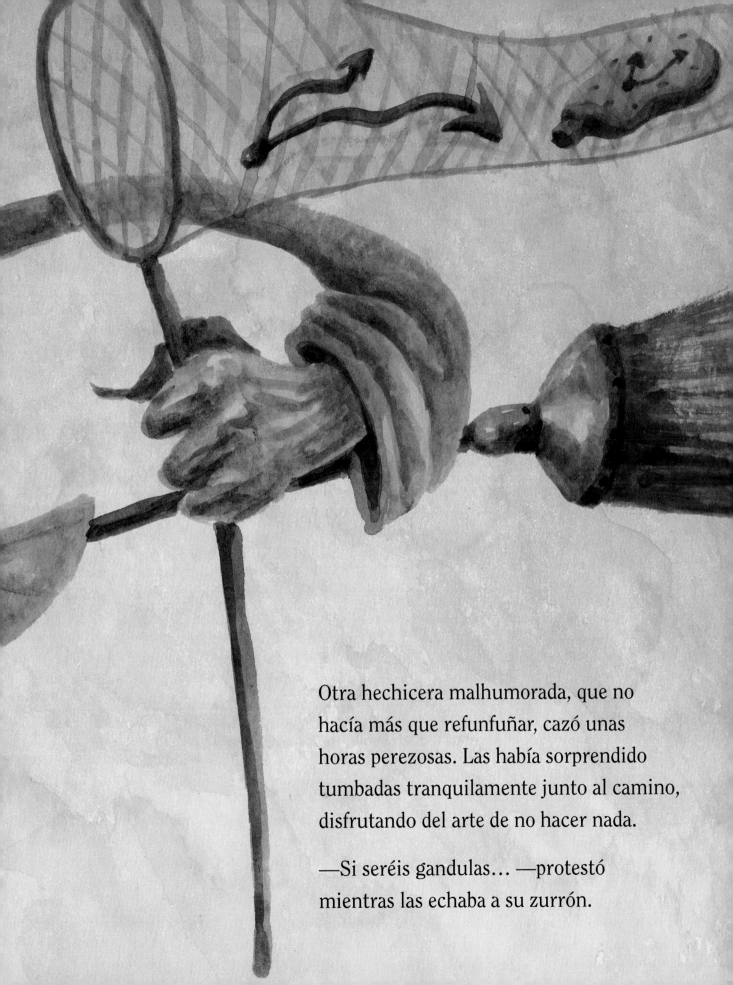

Otra hechicera malhumorada, que no hacía más que refunfuñar, cazó unas horas perezosas. Las había sorprendido tumbadas tranquilamente junto al camino, disfrutando del arte de no hacer nada.

—Si seréis gandulas… —protestó mientras las echaba a su zurrón.

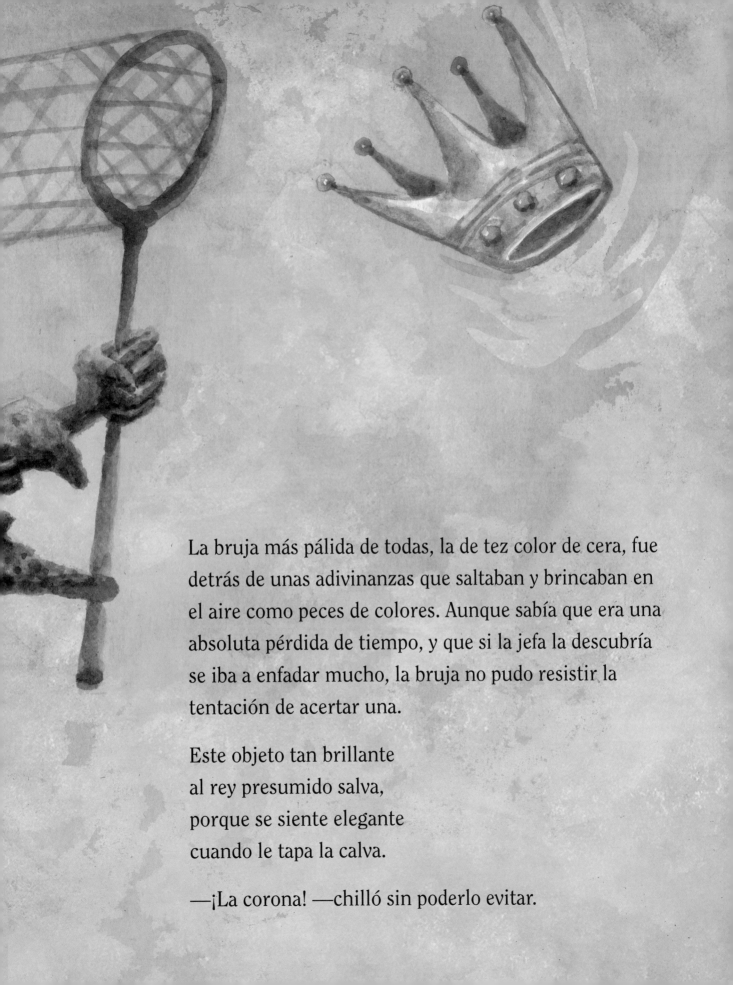

La bruja más pálida de todas, la de tez color de cera, fue detrás de unas adivinanzas que saltaban y brincaban en el aire como peces de colores. Aunque sabía que era una absoluta pérdida de tiempo, y que si la jefa la descubría se iba a enfadar mucho, la bruja no pudo resistir la tentación de acertar una.

Este objeto tan brillante
al rey presumido salva,
porque se siente elegante
cuando le tapa la calva.

—¡La corona! —chilló sin poderlo evitar.

En menos que maúlla un gato, todas las brujas se presentaron ante la gran jefa con sus zurrones cargados de Cosas del Aire: un calcetín de colores que contaba sus viajes por todo el mundo, un sueño hecho de nubes, una ventolera de caricias que olía a primavera, un puñado de guiños titilantes como estrellas, un montón de palabras de caramelo, las carcajadas de un ataque de risa… Todas, sin excepción, fueron enterradas debajo de un tejo milenario de ramas secas y deshojadas.

Pero, claro, mientras las brujas cavaban y enterraban, enterraban y cavaban, no lejos de allá los duendes chisposos estaban celebrando una fiesta.

Los duendes azules jugaban
a las adivinanzas:

La hija de un gran monarca
va a volverlo con un beso
—con lo bien que está en su charca—
un príncipe apuesto y tieso.

Los duendes verdes jugaban a la rueda:

—Nos gusta jugar al corro,
meneando mucho el gorro,
dando vueltas, ya lo ves,
del derecho y del revés.
Y también haciendo el pino.
¡Este es un juego divino!

Los duendes rojos contaban cuentos, los morados cantaban y bailaban, los amarillos repartían besos alados a diestro y siniestro, los anaranjados contemplaban la puesta de sol… Todos se dedicaban a hacer cosas que no servían para nada. Todos perdían soberanamente el tiempo. Todos llenaban el aire de sorpresas. Todos lucían en la cara una sonrisa enorme que nadie era capaz de borrar. Ni siquiera las brujas narigudas, que acababan de terminar su tarea debajo del tejo milenario…

—¡Allí! —rezongó la bruja malhumorada señalando el calcetín viajero.
—¡Oh! ¡No! ¡Otra vez no! —la apoyó la de piel de cera, la cual tenía posada en la punta de su gorro una carcajada que chisporroteaba a ritmo de chachachá.
—¡Rápido! ¡A vuestros cazamariposas! Hay que atraparlas cuanto antes —exigió la bruja jefa.

Mas no les sirvió de nada, porque cuando terminaron de sepultar lo que habían cazado, ya estaba otra vez la atmósfera empapada de poesía. Así que, quejándose de dolores de barriga, las brujas decidieron marcharse por donde habían venido. Y es que, por muy rápidas que fueran cazando, cavando y enterrando, más rápidos eran los duendes chisposos llenando el espacio de magia.

De la magia de las Cosas del Aire. Sí, esas que nadie ve, pero existen.